Barbidou

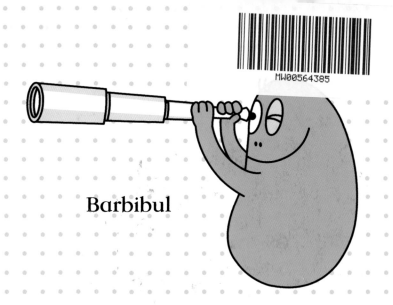

Barbibul

Barbouille

Barbalala

Retrouvez tout Barbapapa en application mobile
sur le Barbapapa Club !

MIXTE
Papier issu de
sources responsables
FSC® C003309

Les Livres du Dragon d'Or
un département d'Édi8, 92 avenue de France 75013 Paris.
Copyright © 1991 Tison/Taylor, Copyright © 2003 A. Tison, all rights reserved.
Loi n° 49-956 du 16 juillet 1949 sur les publications destinées à la jeunesse, modifiée par la loi n° 2011-525 du 17 mai 2011.
ISBN 978-2-82120-133-0. Dépôt légal : août 2012.
Achevé d'imprimer en Italie en juillet 2022 par LEGO. 6ᵉ impression.

L'ARBRE DE BARBAPAPA

Annette Tison et Talus Taylor

C'est la fin de l'été ; Claudine et François sont allés cueillir des mûres
avec les Barbapapas.
Les plus belles mûres sont dans l'île, mais comment y aller ?
– Construisons un pont, dit Claudine.

C'est trop difficile... Ils n'y arriveront pas!
Mais pourquoi construire un pont? Avez-vous oublié
que les Barbapapas peuvent changer de forme?

Les voilà bientôt dans l'île avec leur panier.
Sur cette île, il y a un très gros arbre qui sert de maison à une chouette.

L'arbre penche… Il penche tellement qu'un souffle de vent suffirait à le faire tomber.

Il faut sauver l'arbre et son locataire!
Barbamama a un plan: Barbidou se transforme en aquarium
pour héberger poissons, tritons et grenouilles pendant les travaux,
car d'abord il faut vider le lac.

Barbalala,
Barbabelle
et Barbotine
se changent en tuyau
pour détourner la rivière.

Barbamama enlève toute l'île d'un seul coup
pendant que Barbapapa se prépare à la transporter.

Jusqu'ici tout va bien…
Seulement, l'île avait d'autres habitants qui ne sont pas du tout contents!

On ne peut jamais tout prévoir… Il va falloir résoudre ce nouveau problème.

C'est bien simple ! Il n'y a qu'à refaire une île !

L'arbre est maintenant bien droit
sur la terre ferme ; les Barbapapas
peuvent reconstruire l'île et son terrier.

Et voilà ! Les loutres vont pouvoir emménager dans leur nouveau terrier.

Il n'y a plus qu'à planter pour bien tenir la terre et pour faire joli.

Tout est rentré dans l'ordre à présent.
Les Barbapapas retournent enfin chez eux avec la récolte de mûres.

Mais la journée n'est pas finie…
Il faut encore faire la confiture avant que les mûres ne se gâtent.

Il faut peser les fruits, le sucre, et faire cuire en remuant doucement.

Les travailleurs ont faim.
Au menu de ce soir : tarte aux mûres,
crêpes et tartines à la confiture de mûres.

Barbapapa gronde Barbouille:
– Tout le monde a travaillé sauf toi!
– Moi, dit Barbouille, j'ai dessiné notre histoire et j'en ferai un livre!

La soirée se poursuit en musique ; les Barbapapas sont infatigables !

Tout de même, les voici presque endormis ;
il va falloir les porter chacun dans son lit.

– Ça ne sera pas la peine…
La nuit est douce, nous pouvons
tous dormir ici.

Barbapapa   Barbamama

Barbidur

Barbotine

Barbabelle